Die Br
Stadtmusikanten

Die Bremer Stadtmusikanten, Rotkäppchen und Aschenputtel
neu erzählt von **Urs Luger**

Deutsch als Fremdsprache
Niveaustufe A2

Leichte Literatur

Mit Aufgaben von Andrea Haubfleisch
und Illustrationen von Mirja Engelhardt

Hueber Verlag

1 ◀ Aufgabe vor dem (Weiter-)Lesen

▶ 2 Aufgabe nach dem Lesen

Hinweis zur Ausgabe mit Audio-CD:

Die Bremer Stadtmusikanten	Track 1–3
Rotkäppchen	Track 4–6
Aschenputtel	Track 7–10

3. 2. 1. | Die letzten Ziffern
2019 18 17 16 15 | bezeichnen Zahl und Jahr des Druckes.
Alle Drucke dieser Auflage können, da unverändert, nebeneinander benutzt werden.
1. Auflage

Redaktion: Andrea Haubfleisch, Frankfurt am Main
Umschlaggestaltung: creative partners gmbh, München
Fotogestaltung Cover: wentzlaff | pfaff | güldenpfennig kommunikation gmbh, München
Coverfoto: © PantherMedia / Christa Maria Nienhaus
Layout: Lea-Sophie Bischoff, Hueber Verlag, Ismaning
Satz: Sieveking · Agentur für Kommunikation, München
Illustrationen: © Hueber Verlag/Mirja Engelhardt, www.mirja-engelhardt.de
Zeichnungen: © Hueber Verlag/Gisela Specht, Weßling
Druck und Bindung: Kessler Druck + Medien GmbH & Co. KG, Bobingen
Printed in Germany
ISBN 978-3-19-811673-9
ISBN 978-3-19-801673-2 (mit CD)

Art. 530_00400_001_01

Die Bremer Stadtmusikanten

I

Der Esel[1] hat viele Jahre gearbeitet. Er hat schwere Dinge getragen und große Wagen gezogen. 1

Jetzt ist er alt und müde.

Und eines Tages hört er, wie der Bauer[2] zu seiner Frau sagt: „Marie, der Esel ist alt und schwach. Er frisst nur noch und arbeitet nicht. Wir können ihn nicht mehr brauchen. Morgen bringe ich ihn weg."

Der Esel kann die ganze Nacht nicht schlafen.

‚Was soll ich bloß machen? Ich will noch nicht sterben! Was soll ich denn bloß machen?', denkt er die ganze Zeit.

Und dann endlich, früh am nächsten Morgen, hat er eine Idee: ‚Ich gehe nach Bremen. Dort werde ich Stadtmusikant[3].'

Gesagt, getan: Der Esel läuft weg vom Bauern. Er schaut nicht ein einziges Mal zurück.

[1] der Esel, -

[2] der Bauer, -n

[3] der Musikant, -en
Ein Musikant *verdient sein Geld mit Musik machen.*

Sein Weg geht durch einen Wald, später über eine Blumenwiese. Der Himmel ist blau, die Sonne scheint und der Esel pfeift ein fröhliches Lied.
Da sieht er einen Hund neben der Straße liegen.

„Was ist mit dir los?“, fragt der Esel. „Du siehst müde aus. Geht’s dir nicht gut?“
„Gut?“, fragt da der Hund. „Ich bin alt und werde jeden Tag schwächer. Jetzt braucht mich mein Herr nicht mehr. ‚Dieser Hund frisst[4] nur noch und passt nicht mehr auf das Haus auf‘, hat er zu seiner Frau gesagt. ‚Ich muss ihn töten!‘“
„Oje, das kenne ich …“, meint der Esel.
„Da bin ich weggelaufen.“

[4] fressen
Menschen essen, Tiere fressen

„Sehr gut!“

„Aber was hilft mir das? Wie soll ich jetzt mein Brot verdienen?“

„Ich gehe nach Bremen und werde Stadtmusikant“, sagt der Esel. „Komm doch mit! Ich spiele Gitarre und du die Trommel[5].“

„Esel, das ist eine gute Idee! Ich bin dabei.“

Und so gehen sie zusammen weiter. Der Himmel ist blau, die Sonne scheint und sie pfeifen zusammen ein fröhliches Lied.

Nach einiger Zeit treffen sie eine Katze.

„Katze, du machst ja ein Gesicht wie drei Tage Regenwetter“, sagt der Esel. „Was ist los? Schau doch, der Himmel ist blau, die Sonne scheint …“

„Für mich scheint die Sonne nicht. Meine Herrin will mich töten[6].“

‚Das gibt es ja nicht‘, denkt der Esel. ‚Sind die Menschen denn alle verrückt geworden?‘

„Warum will sie dich töten?“

„Sieh mich an: Ich bin alt und schwach. Meine Zähne sind nicht mehr scharf. Ich fange keine Mäuse mehr. Ich liege lieber am warmen Ofen[7] und schlafe.“

„Da geht es dir wie uns“, sagt der Hund. „Wir sind beide von zu Hause weggelaufen.“

„Und? Was macht ihr jetzt? Wovon wollt ihr leben?“

„Wir gehen nach Bremen und werden Stadtmusikanten“, sagt der Esel. „Komm doch mit! Katzen machen gute Nachtmusik.“

„Hm, da hast du recht.“

„Zusammen machen wir sicher ganz tolle Musik.“

„Also gut.“

[5] die Trommel, -n 

[6] jdn. töten
jdm. das Leben nehmen

[7] der Ofen, ¨ 

Sie gehen weiter, der Himmel ist blau, die Sonne scheint und sie pfeifen zusammen ein …

„Kikeriki! Kikeriki!“

„Wer stört denn unser Lied?“, fragt die Katze.

Ein Hahn sitzt auf einem Baum neben dem Weg und kräht.

„Kikeriki! Kikeriki! Kikeriki! Kikeriki!“

„Was hast du denn für ein Problem?“, beschwert sich die Katze. Sie hält sich die Ohren zu.

„Hallo, Hahn! Was ist denn los? Warum schreist[8] du so?“, fragt der Esel.

„Heute kann ich noch schreien. Aber morgen ist es aus. Dann komme ich in den Suppentopf. Das hat die Bäuerin heute gesagt. Ach, ich armer alter Hahn!“

„Warum läufst du nicht weg?“, fragt der Esel.

„Dann musst du nicht in den Suppentopf“, sagt der Hund.

‚Und auch nicht so schrecklich schreien‘, denkt die Katze.

„Weglaufen? Wohin denn? Ich war doch mein ganzes Leben auf dem Bauernhof. Wie soll ich denn jetzt plötzlich allein leben?“

Da sagt der Esel: „Komm mit uns! Wir gehen nach Bremen und werden Stadtmusikanten. Du hast eine gute Stimme, das habe ich gleich gehört. Wenn wir zusammen Musik machen, ist das sicher wunderbar.“

„Stadtmusikanten? In Bremen? Den ganzen Tag Musik machen?“

„Und nicht in den Suppentopf.“

Der Hahn freut sich: „Das ist eine super Idee! Ich bin dabei, Freunde.“

Sie gehen gemeinsam weiter, durch Wälder und über Wiesen. Jetzt pfeifen sie vierstimmig.

‚Das klingt fantastisch‘, denkt der Esel. ‚Wir werden sicher große Stars in Bremen.‘

▶ 2+3

[8] schreien
sehr laut rufen

II

4

„Ich bin müde“, sagt die Katze.

„Ich habe Hunger“, sagt der Hund.

„Ich kann nicht mehr!“, sagt der Hahn.

Die vier Musikanten sind den ganzen Tag gegangen. Jetzt, am Abend, sind sie mitten in einem großen Wald.

Grrmm grrmm grrmm.

„Was war denn das?“, fragt die Katze. „Habt ihr das auch gehört?“

„Ach, das war nur mein Magen. Ich habe den ganzen Tag nichts gegessen“, sagt der Hund.

„Freunde, heute kommen wir nicht mehr bis Bremen. Bleiben wir doch hier“, schlägt der Esel vor. „Dieser Baum ist hoch und breit, wenn ein Regen kommt, werden wir hier nicht nass.“

„Gute Idee!“ Alle sind zufrieden.

Der Hund und der Esel legen sich unter den Baum, die Katze setzt sich auf einen Ast[9], und der Hahn fliegt bis ganz nach oben.

Grrmm grrmm grrmm.

„Ja, ja, gute Nacht, Hund“, miaut die Katze.

„Und träum schön von gutem Essen“, sagt der Esel und schließt die Augen.

Es wird langsam ruhig.

Der Hahn, ganz oben auf dem Baum, kann weit über das Land schauen.

[9] der Ast, ¨-e

„Freunde!“, ruft er ganz aufgeregt. „Nicht weit von hier ist ein Licht im Wald. Vielleicht ist dort ein Haus.“

„Gehen wir hin! Vielleicht finden wir da einen besseren Platz für die Nacht“, sagt die Katze.

„Ja, und etwas Fleisch und ein paar Knochen[10] wären gut für mich.“ Der Hund sieht schon das beste Essen vor seinen Augen.

„Also gut, probieren wir es“, meint der Esel.

Sie gehen los, und es dauert nicht lange, da können alle das Licht sehen. Und je näher sie kommen, desto heller und größer wird es.

Schließlich stehen sie vor einem Haus.

„Wer wohnt denn hier allein mitten im Wald?“, fragt der Hahn.

Der Esel ist der Größte. Er schaut durch das Fenster ins Haus.

„Was siehst du?“, fragt der Hund.

„Einen Tisch mit vielen guten Sachen zum Essen und Trinken. Rundherum sitzen Räuber[11]. Sie reden und lachen.“

„Da will ich hinein!“

Grrmm grrmm grrmm.

„Nicht so laut, Hund, sonst hören sie uns“, schimpft die Katze.

„Ich kann auch nichts machen, ich habe eben Hunger.“

„Wenn wir ins Haus wollen, müssen wir die Räuber verjagen[12]“, sagt der Esel.

„Aber wie soll das gehen?“, fragt der Hahn.

„Ich habe eine Idee, Freunde“, sagt die Katze. „Was sagt ihr dazu …?“

[10] der Knochen, -

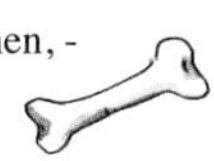

[11] der Räuber, -
Ein Räuber *nimmt anderen Leuten Dinge weg, z. B. ihr Geld oder ihr Essen.*

[12] die Räuber verjagen
hier: *Die Räuber müssen weg.*

Sie machen es genau so, wie die Katze vorgeschlagen hat: Der Esel stellt sich mit seinen Vorderfüßen auf das Fenster, der Hund stellt sich auf ihn, und darüber die Katze. Am Ende fliegt der Hahn ganz nach oben und setzt sich der Katze auf den Kopf. Und dann machen sie alle ihre Musik: Der Esel schreit. Der Hund bellt. Die Katze miaut. Und der Hahn kräht noch lauter als alle zusammen sein „Kikeriki!“. Dann springen sie durchs Fenster …

Die Räuber sehen die Tiere draußen in der Dunkelheit nicht, sie hören nur den schrecklichen Lärm und sehen, wie plötzlich das Fenster kaputtgeht.

„Geister[13]!“, rufen sie. „Böse Geister!“

„Sie wollen uns holen!“

„Raus hier!“

„Raus, Freunde, wenn ihr leben wollt!“

Sie schreien und laufen weg.

Sie bleiben erst stehen, als sie schon weit vom Haus weg sind. Die vier Musikanten aber setzen sich an den Tisch und freuen sich über das gute Abendessen. Man könnte fast glauben, dass sie schon 30 Tage gewandert sind und nicht nur einen – so großen Hunger haben sie.

Nach dem Essen sucht jeder einen Platz, der ihm gefällt: Der Esel legt sich in den Garten hinter dem Haus, der Hund neben die Tür und die Katze in der Küche an den warmen Ofen. Der Hahn fliegt hinauf aufs Dach.

Es dauert keine fünf Minuten und alle schlafen.

5–8

III

9

„Wir waren so dumm!“, sagt ein Räuber und schlägt sich mit der Hand auf den Kopf.

„Ja, vielleicht waren das gar keine Geister“, sagt ein anderer.

„Vielleicht ist das Haus jetzt leer.“

„Unser Haus. Unser schönes Haus!“

[13] der Geist, -er 

Die Räuber sitzen unter einem großen Baum und ärgern sich, dass sie so schnell weggelaufen sind. Das gute Abendessen, das Bier, das weiche Bett …

„Wir müssen zurückgehen“, sagt einer.

„Aber was, wenn es doch Geister waren?“

„Dann soll eben erst mal nur einer zurückgehen. Der erzählt uns dann, was er gesehen hat.“

„Gute Idee! Wer geht?“

„Ich nicht.“

„Ich auch nicht.“

„Ich sicher nicht.“

Aber dann läuft doch ein Räuber zurück zum Haus.

Er macht die Tür vorsichtig auf und geht leise von Zimmer zu Zimmer.

‚Alles ruhig‘, denkt er. ‚Keine Geister.‘

Er geht in die Küche und will Feuer machen. Er möchte etwas essen und ein Bier trinken und braucht Licht. ‚Das habe ich verdient, ich habe ja auch die gefährliche Arbeit gemacht‘, denkt er.

Beim Ofen sind zwei helle Punkte.

‚Das ist gut, da ist noch glühende Kohle[14], da kann ich leicht Feuer machen‘, denkt er und hält ein Streichholz[15] hin.

Aber es sind keine glühenden Kohlen – es sind die glühenden Augen der Katze. Sie springt dem Räuber ins Gesicht, sie kratzt und beißt ihn.

„Geister! Böse Geister!“

Der Räuber schreit vor Angst und läuft aus der Küche. Er will zur hinteren Tür hinaus.

[14] glühende Kohle 

[15] das Streichholz, -er 

Dort liegt aber der Hund. Er hat gerade von großen Knochen und Fleisch geträumt und ärgert sich, dass der Räuber ihn mit seinem Schreien aufweckt.

‚Nicht mit mir', denkt er und beißt den Mann ins Bein.

„Hilfe! Hilfe!", schreit der Räuber und läuft weiter, so schnell er kann. Im Garten steht aber der Esel und schlägt ihn mit seinem Hinterfuß.

Und vom Dach schreit der Hahn extra laut: „Kikeriki! Kikeriki!".

Der Räuber weiß nicht mehr, wo oben oder unten ist, wo links oder rechts. Er läuft und läuft, bis er bei seinen Räuberfreunden ist.

„Und? Wie war es im Haus?“, fragen sie.

„In der Küche sitzt eine schreckliche Hexe. Die hat mir das Gesicht zerkratzt. Und neben der Tür steht ein Mann mit einem Messer. Der hat mich ins Bein gestochen! Und auf dem Hof ist ein schwarzes Monster. Das wollte mich töten und fressen! Aber das Schlimmste ist: Oben auf dem Dach sitzt der Richter[16], der hat gerufen: ‚Bringt mir den Dieb! Bringt mir den Dieb!‘ Ich gehe nie wieder in dieses Haus!“

„Wir auch nicht, wir auch nicht!“, rufen die Räuber.

Und so kommt es, dass Esel, Hund, Katze und Hahn gar nicht bis Bremen gehen, sondern im Räuberhaus bleiben.

Und manchmal, an schönen Sommerabenden, kann man hören, wie sie vor dem Haus ihre Musik machen.

▶ 10–12

[16] der Richter, -

Rotkäppchen

I

1+2 ◀

Ein kleines Mädchen lebt mit ihrer Mutter im Dorf neben dem großen Wald. Jeder mag sie, aber ganz besonders lieb hat die Großmutter das Kind. Sie schenkt ihm zum Geburtstag eine schöne rote Kappe, und weil das Kind die jetzt immer trägt, nennen sie alle nur „Rotkäppchen“.

Eines Tages sagt die Mutter zu Rotkäppchen: „Großmutter ist krank geworden. Nimm bitte diesen Korb und bring ihr Kuchen.“

„Ja, gern, Mama.“

„Und du weißt: Sprich mit keinem Fremden und bleib immer auf dem Weg. Im großen Wald kann es gefährlich sein.“

Die Großmutter lebt nämlich allein in einem Haus im Wald.

„Ja, ja, ich passe schon auf“, sagt das Mädchen und geht los.

▶ 3

Die Vögel singen, die Sonne scheint und auch im Wald ist es schön warm. Rotkäppchen freut sich auf den Besuch bei der Oma. Da steht plötzlich der Wolf vor ihr.

„Hallo, Rotkäppchen.“

„Hallo, Wolf.“

„Na, wohin gehst du denn?“

„Zu meiner Oma. Sie ist krank und ich bringe ihr Kuchen.“

„Du bist aber ein liebes Mädchen.“

„Oh, danke“, sagt Rotkäppchen und wird ganz rot.

‚Wirklich ein nettes Mädchen‘, denkt der Wolf. ‚Und sie riecht sehr lecker. Soll ich sie gleich fressen oder erst später?‘

Er fragt: „Wo wohnt denn deine Großmutter?“

„Mitten im Wald, bei den drei Eichen[17].“

„Ah ja, bei den drei Eichen, ich weiß schon“, sagt der Wolf und denkt: ‚Sei klug, friss die Kleine erst später. Wenn du es richtig machst, kannst du beide bekommen, die Alte und das Mädchen.‘

Er sagt: „Rotkäppchen, schau mal, ist das nicht eine schöne Blume? Und die dort? Ist die nicht noch schöner? Hol sie dir doch.“

„Ich muss aber auf dem Weg bleiben."

„Wer sagt das?"

„Meine Mama."

„Ach was, die sieht dich nicht. Und deine Großmutter freut sich sicher, wenn du ihr Blumen mitbringst."

„Schon, aber …"

„Du hast deine Oma doch lieb, oder?"

„Ja, klar."

„Dann darfst du auch Blumen für sie pflücken."

Also geht Rotkäppchen vom Weg ab und sucht Blumen. Und kaum hat sie eine gefunden, sieht sie gleich die nächste, noch tiefer im Wald, die sieht noch viel schöner aus, sie läuft hin, sieht die nächste und ... So kommt das Mädchen immer weiter vom Weg ab.

Der Wolf aber läuft schnell zu Großmutters Haus und klopft an der Tür. ▶ 4

„Wer ist da?"

„Ich bin es, Rotkäppchen", sagt er mit hoher Stimme. „Ich bringe dir Kuchen."

„Ach, Rotkäppchen, das freut mich. Komm doch herein."

Der Wolf läuft gleich zu Großmutters Bett.

„Halt, du bist ja gar nicht ..."

Mehr kann die alte Frau nicht sagen, da hat der Wolf sie schon gefressen.

‚Hm, ein bisschen trocken, die Alte. Aber besser als nichts', denkt er.

Dann zieht er Großmutters Kleider an und legt sich in ihr Bett.

‚Und jetzt komm, mein Kind, ich warte auf das Dessert ...' ▶ 5+6

[17] die Eiche, -n 

II

7 Rotkäppchen hat viele Blumen gesammelt, sie kann sie kaum noch tragen.

‚Oma freut sich sicher sehr‘, denkt sie und läuft zurück zum Weg.

Bald ist sie bei Großmutters Haus. Die Tür steht offen.

‚Das ist aber komisch‘, denkt sie. ‚Die ist doch sonst immer zu.‘

„Hallo?“, ruft sie. „Großmutter?“

Keine Antwort.

Vorsichtig geht das Mädchen ins Haus.

Wo ist denn die Großmutter?

‚Ach, natürlich, sie ist ja krank‘, denkt Rotkäppchen und geht ins Schlafzimmer.

Die alte Frau liegt im Bett und hat ihre Mütze tief ins Gesicht gezogen.

„Hallo Oma, ich bringe dir … Aber Oma, warum hast du so große Ohren?“

„Damit ich dich besser hören kann.“

„Oma, warum hast du so große Augen?“

„Damit ich dich besser sehen kann.“

„Aber Oma, warum hast du so einen großen Mund?“

„Damit ich dich besser fressen kann!“

Der Wolf lacht, springt aus dem Bett und frisst das Mädchen mit einem einzigen Bissen.

‚Das hast du gut gemacht‘, sagt er zu sich. ‚Die süße Kleine war besonders lecker.‘

Er legt sich wieder ins Bett.

‚So, die Arbeit ist getan, jetzt kann ich mich ausruhen.‘

Er macht die Augen zu und schläft sofort ein.

▶ 8+9

III

10 ◀

Ein wenig später geht der Jäger[18] am Haus vorbei.

‚Ich muss den bösen Wolf endlich finden‘, sagt er zu sich. ‚Sonst passiert noch etwas Schlimmes. Ich muss ... Halt, was ist denn hier los?‘ Er bleibt stehen.

Im Haus hört er jemanden laut schnarchen. So laut wie drei Großmütter und zwei Rotkäppchen zusammen.

‚Da stimmt doch etwas nicht.‘

Der Jäger geht leise und vorsichtig ins Haus. In Großmutters Zimmer sieht er den Wolf im Bett liegen.

„Ha, habe ich dich endlich!“

Er will den Wolf schon erschießen, da bewegt sich etwas in seinem Bauch.

[18] der Jäger, -

‚Das ist ja ... ist das vielleicht ...?'
Der Jäger schneidet dem Wolf schnell den Bauch auf. Bald sieht er ein rotes Käppchen, dann springt das kleine Mädchen heraus.
„Oh, danke!", ruft sie. „Es war schrecklich dunkel im Bauch!"
Der Jäger schneidet weiter, bald schon sieht man weiße Haare, und am Ende kommt auch die Großmutter aus dem Bauch heraus.
„Danke, Herr Jäger, danke! … Oh, mein Mädchen, da bist du ja!" Sie nimmt ihre Enkelin in die Arme.
„Was machen wir jetzt mit dem Wolf?", fragt der Jäger.
„Ich habe da eine Idee", sagt Rotkäppchen.
Das Mädchen bringt viele große Steine. Die legen sie dem Wolf in den Bauch.

Dann näht[19] der Jäger ihn wieder zu.

Bald wacht der Wolf auf.

‚Oje, ich habe einen vollen Bauch', sagt er zu sich. ‚Ich habe gar nicht gedacht, dass Rotkäppchen und die Alte so schwer sind. Und großen Durst habe ich auch.'

Er geht hinaus zum Brunnen[20] und will trinken. Weil er aber so viele Steine im Bauch hat, ist er zu schwer, fällt hinein und stirbt.

„Der Wolf ist tot, der Wolf ist tot!" Rotkäppchen lacht und tanzt um den Brunnen.

„Ich brauche jetzt etwas zu essen und eine Tasse Kaffee", sagt die Großmutter. „Herr Jäger, Sie bleiben doch noch ein bisschen, oder?"

Und so sitzen die drei vor dem Haus in der Sonne und essen Kuchen. Die Erwachsenen trinken Kaffee und das Mädchen bekommt heiße Schokolade.

▶ 11+12

19 nähen 

20 der Brunnen, - 

Aschenputtel

I

„Aschenputtel, wasch die Wäsche!“
„Ja, Mutter.“
„Aschenputtel, räum mein Zimmer auf!“
„Ja, Rosa.“
„Aschenputtel, bring mir etwas zu essen!“
„Ja, Bella.“
So geht es den ganzen Tag.
‚Warum kann es nicht so sein wie früher?‘, denkt Lina traurig. Früher … da war sie noch ein kleines Mädchen. Da hat ihre eigene Mutter noch gelebt. Da war das Leben noch schön.
Aber dann ist ihre Mutter krank geworden und gestorben. Und nicht viel später hat der Vater wieder geheiratet. Seine neue Frau hat zwei Töchter mitgebracht, Rosa und Bella.
Und seit damals muss Lina den ganzen Tag im Haus arbeiten und Rosa und Bella sehen nur zu. Sie räumt auf, putzt, kocht und wäscht das Geschirr ab. Und sie hat nicht einmal ein eigenes Zimmer. Sie muss in der Küche schlafen, in der Asche[21] neben dem Ofen.
„Du bist so schmutzig!“, sagt Bella.
„Ja, überall Asche“, lacht Rosa.
„Du bist ein Aschenputtel“, sagt die Mutter.
„Aschen-, Aschen-, Aschenputtel.“ Die Mädchen tanzen um sie herum und lachen.

[21] die Asche, -
grau-schwarze Reste von einem Feuer, Schmutz

Und ihr Vater? Der kann ihr nicht helfen. Er ist viel auf Reisen und selten zu Hause.

Aber Lina hat ein Geheimnis[22]: Kurz vor dem Tod hat ihre Mutter gesagt: „Ich bin sehr krank, ich sterbe bald. Aber ich lasse dich nicht allein. Ich gehe in den Himmel und schicke dir zwei Vögel aus den Wolken, die sollen dir helfen.“

[22] Lina hat ein Geheimnis.
Nur sie weiß es, sonst niemand.

Nun geht Lina jeden Tag zu Mutters Grab[23], und dort sind sie, ihre beiden Freundinnen: zwei Tauben. Ihnen kann sie alles erzählen, wenn sie traurig ist.

Und heute ist Lina besonders traurig: „Der Prinz[24] macht ein großes Fest im Schloss[25] und alle jungen Frauen sind eingeladen. Er möchte heiraten und sucht eine Frau für sich. Sie wird dann seine Prinzessin."

Die Tauben gurren.

„Das Fest ist ein Ball", erzählt Lina weiter. „Alle Leute tanzen und sind fröhlich. Es dauert drei Tage lang. Ach, wie gern würde ich auch hingehen."

Lina tanzt ein bisschen. In ihrer Fantasie ist sie im großen Ballsaal im Schloss. 1+2

„Ich will auch zum Fest, wie Rosa und Bella", hat sie zu ihrer Stiefmutter gesagt. „Bitte, bitte, nur dieses eine Mal."

„Also, überlegen wir mal: Rosa ist schön, Bella auch. Aber du …"

„Du bist hässlich." „Und schmutzig."

Das waren die Schwestern.

„Der Prinz will dich nicht sehen", hat die Mutter gesagt.

„Ach bitte, nur heute."

„Halt den Mund, Aschenputtel! Und jetzt hilf Rosa und Bella beim Anziehen. Sie sollen heute schön sein für den Prinzen."

Die Tauben gurren. Dann fliegen sie weg.

„Na toll. Es interessiert euch also nicht. Ihr seid ja wirklich gute Freundinnen."

[23] das Grab, ¨er

[24] der Prinz, -en

[25] das Schloss, ¨er

Lina steht auf. Sie muss nach Hause, sie muss noch das Geschirr abwaschen. Und aufräumen.
Gerade will sie gehen, da kommen die Tauben zurück und bringen Schuhe und ein schönes Kleid.
Es ist das schönste Kleid, das Lina je gesehen hat.
„Für mich?“ Sie probiert Kleid und Schuhe, alles passt perfekt.
„Ich kann zum Fest gehen, ich kann doch zum Fest gehen.“
Sie lacht. „Danke! Vielen Dank!“ ▶ 3

II

4 ◀

Lina geht durch den Ballsaal. Sie hat noch nie so viele elegante Menschen gesehen wie hier im Schloss. Die Musik spielt und die Leute reden und lachen. Tausend Kerzen brennen[26].
Plötzlich steht ein junger Mann vor ihr. Er verbeugt sich und sagt: „Guten Abend, schöne Dame! Wollen Sie tanzen?“
„Wer? Ich? … Oh ja, gerne.“
‚Ich habe gar nicht gedacht, dass jemand mit mir tanzen will‘, denkt Lina. ‚Und dann gleich so ein schöner Mann.‘

[26] Kerzen brennen 

Alle Leute sehen sie an.

‚Oh Gott, sicher wissen alle, dass ich eigentlich Aschenputtel bin und keine feine Dame.' Jetzt ist es ihr peinlich, dass sie überhaupt gekommen ist.

Als die Musik zu Ende ist, will sie schnell gehen. Aber da kommt ein anderer junger Mann und fragt: „Darf ich den nächsten Tanz mit der schönen Dame tanzen?"

„Nein", sagt ihr Partner. „Das ist heute Abend meine Tanzpartnerin."

„Natürlich, wie Sie wünschen, mein Prinz", sagt der Mann und geht wieder.

„Sie sind der Prinz?“, fragt Lina überrascht. „Und Sie tanzen mit mir?“

„Ja, ich will am liebsten den ganzen Abend mit Ihnen tanzen.“

„Aber warum?“

„Sie sind die schönste Dame hier im Saal.“

‚Das ist nur ein Witz‘, denkt Lina. Aber bevor sie etwas sagen kann, fängt die Musik wieder an und der Tanz geht weiter. Lina und der Prinz tanzen wirklich den ganzen Abend miteinander. Nur sehr ungern verabschieden sie sich am Ende. ▶ 5

„Ich bringe Sie noch nach Hause“, sagt der Prinz.

„Oh, vielen Dank, aber das ist nicht nötig.“

„Doch, doch, es ist spät, vielleicht passiert Ihnen etwas“, sagt der Prinz und denkt: ‚Ich muss wissen, wo dieses schöne Mädchen wohnt. Dann kann ich sie wiederfinden.‘

‚Er darf nicht wissen, wo ich wohne. Sonst kann er mich wiederfinden‘, denkt Lina. ‚Und dann findet er nur Aschenputtel.‘ ▶ 6

Als sie zu ihrem Haus kommen, läuft Lina schnell weg und verschwindet im dunklen Garten.

„Halt! Warten Sie! Ich weiß ja gar nichts über Sie. Wie heißen Sie? Wohnen Sie hier?“, ruft der Prinz.

Er klopft an der Haustür.

„Hallo! Ist jemand zu Hause?“

Er klopft noch einmal.

Nichts.

Er will schon gehen, da, endlich, öffnet sich die Tür. Linas Vater steht im Schlafanzug vor ihm.

„Wissen Sie, wie spät es ist? Wer ... oh, Majestät, Sie sind es … Was kann ich für Sie tun?“

„Haben Sie vielleicht eine schöne Tochter?“

„Ich habe sogar zwei schöne Töchter! Sie sind beide beim Fest im Schloss.“

„Ist eine schon nach Hause gekommen?“

„Ich weiß es nicht.“

Der Prinz sieht ihn fragend an.

„Wir können ja mal nachsehen.“

Sie gehen durch das ganze Haus, aber niemand ist da. Am Ende kommen sie in die Küche. Aschenputtel liegt neben dem Ofen in der Asche, wie immer. Es ist dunkel, man sieht nicht viel.

„Wer ist das?“, fragt der Prinz.

„Ach, das ist nur Aschenputtel.“

„Aschenputtel?“

„Das ist … ach, nicht so wichtig. Darf ich jetzt wieder schlafen gehen?“

„Aber sie ist doch hier in den Garten … Ja, gut, gehen Sie schlafen.“

▶ 7

III

8 ◀

Am nächsten Abend bringen die Vögel wieder ein Kleid und Schuhe, schöner als am Tag davor. Wieder geht Aschenputtel zum Ball, wieder tanzt sie den ganzen Abend mit dem Prinzen. Und wieder läuft sie am Ende weg.

Am dritten Tag sind Rosa und Bella sehr nervös. Der Prinz hat noch gar nicht mit ihnen getanzt, immer nur mit dieser fremden Frau.

Heute müssen sie besonders schön sein.

„Aschenputtel, hilf mir beim Anziehen.“

„Aschenputtel, mach mir die Haare … Pass doch auf, du dummes Ding! Ich muss heute die Schönste sein.“

„Und jetzt lass uns in Ruhe. Verschwinde!“

Lina geht traurig zum Grab. Heute tanzt der Prinz sicher mit Rosa oder Bella. Und morgen ist eine von ihnen seine Braut.

Da bringen die Tauben ihr ein neues Kleid.

Lina staunt: „So ein schönes Kleid habe ich noch nie gesehen!“

Es ist ganz aus Silber und Gold[27].

„Jetzt sehe ich fast aus wie eine Prinzessin.“ ▶ 9

Sie läuft schnell zum Schloss und öffnet die Tür zum Ballsaal. Sie hört die Musik und die Stimmen der Gäste. Sie sieht die Menschen im Licht der tausend Kerzen. Sie …

‚Oh …‘

Der Prinz tanzt mit Bella. Sie ist sehr hübsch in ihrem orange-roten Kleid.

‚Was habe ich mir nur gedacht?‘, denkt Lina. ‚Dass der Prinz wieder den ganzen Abend mit mir tanzt? Mit dem Aschenputtel? Ach, ich bin ja so dumm.‘

Sie will schon weggehen, da sieht der Prinz sie. Er lässt Bella stehen, mitten im Tanz, und kommt zu ihr. Er nimmt ihre Hand und sagt: „Ich warte schon die ganze Zeit auf Sie! Wollen wir tanzen?“

Es ist Lina egal, dass Bella sie böse ansieht und dass die Leute im Saal über sie reden. Sie tanzt den ganzen Abend mit dem Prinzen und ist einfach nur glücklich.

27 Silber und Gold 

Aber jeder Ball ist irgendwann zu Ende. Die Musik hört auf, die Leute trinken aus und gehen nach Hause.

Als alle weg sind, steht Lina allein mit dem Prinzen auf der großen Treppe vor dem Schloss. Sie schauen beide in den Himmel, zu den Millionen Sternen. Der Prinz nimmt ihre Hand, sie sehen sich lange an und …

Lina läuft weg.

Es ist vorbei. Der schöne Traum ist zu Ende.

‚Der Prinz soll an diesen Moment auf der Treppe denken, wenn er sich an mich erinnert‘, denkt sie. ‚Wie wir uns an den Händen gehalten und in die Augen gesehen haben.‘

Zweimal ist die schöne Fremde schon weggelaufen. Aber dieses Mal ist der Prinz vorbereitet:

Er hat Pech[28] auf die Treppe gestrichen.

Lina läuft schnell und achtet nicht darauf. So verliert sie einen Schuh. Und den holt er sich nun.

▶ 10+11

IV

12 ◀

Am nächsten Tag geht der Prinz zu Linas Haus.

„Dieser Schuh“, sagt er, „gehört dem schönsten Mädchen im Land. Ich liebe sie sehr. Und ich glaube, sie wohnt hier. Ich möchte, dass Ihre Töchter diesen Schuh probieren. Wenn er passt, habe ich meine Braut gefunden.“

„Geben Sie mir den Schuh. Ich bringe ihn zu meinen Töchtern“, sagt die Mutter.

Rosa probiert zuerst. Aber der Schuh ist zu klein. Für ihre große Zehe[29] ist nicht genug Platz.

„Schneid sie dir ab!“, sagt die Mutter. „Als Prinzessin musst du nicht mehr gehen, deine Diener können dich tragen.“

‚Das stimmt‘, denkt Rosa und schneidet ihre große Zehe ab. Dann geht sie zum Prinzen.

[28] das Pech (Sg.) 

[29] die Zehe, -n 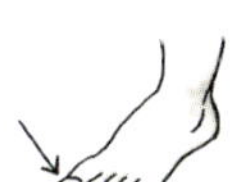

„Ach, mein Prinz, es ist so schön, dass ich dich wiedersehe“, sagt sie und zeigt ihm den goldenen Schuh an ihrem Fuß.
‚Das ist sie?‘, denkt der Prinz. ‚Wirklich? Ich habe sie anders in Erinnerung. Aber der Schuh passt …‘
Er reitet mit Rosa zum Schloss. Auf dem Weg kommen sie am Grab von Linas Mutter vorbei. Da rufen die Tauben:

„Rucke di guh, rucke di guh,
Blut ist im Schuh.
Der Schuh ist zu klein,
die richtige Braut sitzt noch daheim.“

Da sieht der Prinz, dass Blut aus dem Schuh kommt. Es ist gar nicht das richtige Mädchen!

‚Ich habe es doch gewusst‘, denkt er und reitet zurück.

Jetzt darf Bella den Schuh probieren. Aber auch für sie ist er zu klein. Ihre Ferse[30] passt nicht hinein.

„Schneid dir ein Stück von der Ferse ab“, sagt die Mutter.

„Aber das tut weh!“

„Willst du Prinzessin werden oder nicht?“

Also schneidet sie ein Stück von ihrer Ferse ab und zeigt dem Prinzen: „Der Schuh passt mir, du hast die Richtige gefunden.“

Aber beim Grab rufen die Tauben wieder:

„Rucke di guh, rucke di guh,
Blut ist im Schuh.
Der Schuh ist zu klein,
die richtige Braut sitzt noch daheim.“

„Das gibt es doch nicht!“, ruft der Prinz. „Schon wieder die falsche Braut!“

Er reitet zurück und sagt wütend: „Ich will jetzt endlich das richtige Mädchen sehen!“

„Aber wir haben kein anderes“, sagt die Mutter.

„Es muss hier noch eines geben.“

„Es gibt nur noch das Aschenputtel“, sagt der Vater. „Sie ist auch meine Tochter.“

Die Mutter sieht ihn böse an. „Aber sie ist schmutzig und hässlich“, sagt sie. „Sie passt nicht zu einem Prinzen!“

„Ich will sie trotzdem sehen.“

[30] die Ferse, -n 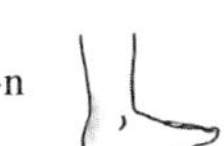

„Wie Sie wünschen, Prinz“, sagt der Vater. „Aschenputtel, komm her!“

Aber Lina will nicht kommen. Sie trägt ein altes, hässliches Kleid. Und sie ist schmutzig von der Asche.

„Aschenputtel! Wenn du nicht gleich kommst, dann …“

Lina öffnet die Tür. Sie sieht den Prinzen nicht an.

„Zieh diesen Schuh an“, sagt der Vater.

„Das ist doch verrückt“, schimpft die Mutter.

Lina schlüpft in den Schuh. Es geht ganz leicht.

„Er passt!“, ruft der Prinz. „Sieh mich an, mein Mädchen.“

Lina hebt den Kopf. Sie sieht den Prinzen an und lächelt.

„Du bist es“, ruft der Prinz, „du bist es wirklich!“

Er läuft zu Lina und umarmt sie.

„Aber gestern“, sagt er dann, „war dein Kleid ein bisschen schöner.“

Sie sehen sich an und dann müssen beide lachen.

Die Hochzeit von Lina und dem Prinzen ist einen Monat später. Viele Gäste kommen aus dem ganzen Land und auch aus anderen Ländern. Musik spielt, und der große Saal im Schloss ist voll mit Blumen. Die Leute essen und trinken, tanzen und lachen.

Lina sitzt neben ihrem Prinzen und nimmt seine Hand.

„Wir bleiben für immer zusammen“, sagt er und lächelt.

„Ja, für immer.“

Vor dem Fenster sitzen die beiden Tauben.

‚Danke, meine lieben Freundinnen‘, denkt Lina.

Die Tauben gurren.

Dann fliegen sie weg, in den Himmel.

13+14

1 Wie helfen Esel, Hund, Katze und Hahn den Menschen als Haustiere? Ordnen Sie zu. ◀ 🗎

Katzen • Hunde • Esel • ~~Hähne~~

a _Hähne_ krähen am Morgen und wecken die Leute.

b ________________ passen auf andere Tiere und auf das Haus auf.

c ________________ tragen schwere Dinge, zum Beispiel Kartoffeln oder Holz.

d ________________ suchen und fressen Mäuse.

2 Lesen Sie die folgenden Textabschnitte noch einmal. Was ist richtig? Kreuzen Sie die beiden richtigen Antworten an. 🗎 ▶

1 Der Esel … (Zeile 1–17)

a ⊗ ist alt und kann nicht mehr arbeiten.

b ○ darf bis zu seinem Tod beim Bauern leben.

c ⊗ möchte in die Stadt gehen und als Musikant arbeiten.

2 Der Hund … (Zeile 18–34)

a ○ ist alt, passt aber immer noch gut auf das Haus auf.

b ○ soll sterben.

c ○ geht mit dem Esel mit.

3 Die Katze … (Zeile 35–56)

a ○ ist alt und faul geworden.

b ○ ärgert sich, weil es schon drei Tage lang regnet.

c ○ findet, dass sie gut Musik machen kann.

4 Der Hahn … (Zeile 57–85)

a ❍ kräht sehr laut.

b ❍ sagt, dass die Bauern ihn als Suppe essen wollen.

c ❍ will nicht zusammen mit den anderen nach Bremen gehen und Musik machen.

3 Ergänzen Sie die Zusammenfassung.

Essen • Lied • Leben • schwach • ~~Menschen~~ • Angst • Musiker • Idee • niemand • Stadt

Esel, Hund, Katze und Hahn haben viele Jahre für die *Menschen* gearbeitet. Als Lohn haben Sie ______________ bekommen und durften bei den Menschen leben. Jetzt sind sie alt und ______________ und ______________ braucht sie mehr. Ihr ______________ ist in Gefahr. Sie haben große ______________. Der Esel hat eine gute ______________: „Ich kann in die ______________ gehen und dort als ______________ Geld verdienen. Ich laufe einfach weg."
Auf dem Weg trifft er den Hund, die Katze und den Hahn. Sie finden seine Idee gut und kommen mit. Zusammen pfeifen Sie ein fröhliches ________.

4 Wie geht es weiter? Was meinen Sie? Kreuzen Sie an.

a ❍ Die Tiere gehen nach Bremen und kaufen eine Gitarre und eine Trommel.

b ❍ Die Tiere suchen einen Schlafplatz für die Nacht.

c ❍ Die Tiere bekommen Hunger und suchen Essen.

5 Was passiert dann? Ordnen Sie die Sätze.

- ❍ Sie finden einen Schlafplatz für die Nacht: einen Baum.
- ❍ Die Tiere gehen zum Licht, denn sie hoffen, dass es dort ein Haus gibt und Essen.
- ❍ Die Tiere machen einen Turm, schreien laut und springen durchs Fenster.
- ① Die Tiere sind müde und hungrig und können nicht mehr weitergehen.
- ❍ Der Hahn sitzt oben im Baum und sieht ein Licht.
- ❍ Sie finden tatsächlich ein Haus. Drinnen sitzen Räuber beim Abendessen.

6 „Und dann machen sie alle ihre Musik.“ (Zeile 55)

a Wie nennt man die Tierlaute im Deutschen? Ordnen Sie zu.

Esel	bellen:	*Kikeriki.*
Hunde	schreien:	*Miau.*
Katzen	krähen:	*Wau wau.*
Hähne	miauen:	*I-ah.*

b Vergleichen Sie mit Ihrer Sprache.

	Esel	Hund	Katze	Hahn
____________ (Ihre Sprache)	____________	____________	____________	____________

Auf Französisch macht der Hahn *cocorico*.

7 Warum laufen die Räuber weg? Schreiben Sie drei Sätze und verwenden Sie dabei die Verben *sehen, hören* und *denken.*

____

____

____

____

____

____

8 Wo genau schlafen die Tiere nach dem Abendessen? Lesen Sie noch einmal die Zeilen 75–79 und tragen Sie im Bild *Esel, Hund, Katze* und *Hahn* ein.

9 Wie geht es weiter? Was meinen Sie? Schreiben Sie einen kurzen Text. Sie können dabei die Wörter im Kasten benutzen.

Räuber	Wald	zurückkommen	Tiere	Bremen
	streiten	weitergehen		schlafen

____

____

____

____

____

____

10 Richtig (r) oder falsch (f)? Kreuzen Sie an.

		r	f
a	Die Räuber glauben, dass immer noch Geister im Haus sind.	❍	❍
b	Sie denken an das bequeme Leben dort und wollen zurück.	❍	❍
c	Ein Räuber geht vor und sieht: Im Haus sind keine Geister.	❍	❍
d	Er will Feuer machen und essen und trinken.	❍	❍
e	Er verbrennt sich die Finger am Ofen.	❍	❍
f	An der Hintertür weckt er den Hund.	❍	❍
g	Der Esel beißt ihm ins Bein.	❍	❍
h	Der Hahn schreit: „Bringt mir den Dieb!“	❍	❍
i	Der Räuber läuft zurück und erzählt, dass vier Tiere im Haus sind.	❍	❍
j	Die Räuber wollen zusammen zum Haus gehen und die Tiere vertreiben.	❍	❍

11 Was genau machen die Tiere? Was denkt der Räuber? Lesen Sie noch einmal die Zeilen 20 – 54 und ergänzen Sie die Tabelle.

Wo?	Welches Tier?	Was tut das Tier?	Der Räuber denkt, da ist …
beim Ofen			
	der Hund		
			ein Monster.
		krähen	

12 Lesen Sie die Fragen und kreuzen Sie an.

1 Warum wollen die Räuber nie mehr zurück zum Haus?

a ❍ Im Haus sind Geister.

b ❍ Sie denken, dass sie dort für ihre Verbrechen bezahlen müssen.

c ❍ Tiere machen ihnen Angst.

2 Warum gehen die Tiere nicht nach Bremen? Was meinen Sie?

a ❍ Sie lieben die Sommerabende im Räuberhaus.

b ❍ Sie können auch im Räuberhaus ihre Musik machen.

c ❍ Sie haben im Räuberhaus ein neues Zuhause gefunden.

1 Gibt es das Märchen „Rotkäppchen" auch in Ihrem Land? Wie heißt es?

In Ungarn heißt es „Piroska".

2 Quiz: Was ist das? Gleiche Zahl = Gleicher Buchstabe! Ordnen Sie dann die blau markierten Buchstaben und finden Sie das Lösungswort.

1

2

3
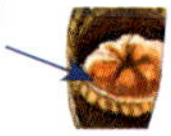

4

5

6

7

1

R	O	T	K	A	E	P	P	C	H	E	N
1	2	3	4	5	6	7	7	8	9	6	10

2

4	5	7	7	6

3

	U				
4	11	8	9	6	10

4

			B
4	2	1	12

5

	I			
6	13	8	9	6

6

	L			
12	14	11	15	6

7

W			F
17	2	14	16

Lösung:

V			S					!

3 Beantworten Sie die Fragen.

a Warum heißt das Mädchen „Rotkäppchen"?

___

b Warum soll Rotkäppchen ihrer Großmutter Kuchen bringen?

___

c Was soll sie im Wald tun bzw. nicht tun?

___

d Wie und wo lebt die Großmutter?

___

4 Welche Antwort ist richtig? Kreuzen Sie an.

1 Warum ist der Wolf nett zu Rotkäppchen?

a ❍ Damit sie keine Angst hat und tut, was er sagt.

b ❍ Er mag sie.

c ❍ Er findet, dass sie gut riecht.

2 Warum will er wissen, wo die Großmutter wohnt?

a ❍ Er will ihr Blumen bringen.

b ❍ Er macht einfach nur Small Talk.

c ❍ Er will auch sie fressen und muss wissen, wo sie ist.

3 Warum soll Rotkäppchen Blumen pflücken?

a ❍ Sie soll der Großmutter mit den Blumen zeigen, dass sie sie gern hat.

b ❍ Der Wolf gewinnt so Zeit und kann vor Rotkäppchen zur Großmutter gehen.

c ❍ Rotkäppchen soll tief in den Wald gehen und nicht zurückfinden.

5 Ergänzen Sie die Sätze.

a Großmutter lässt den Wolf ins Haus, denn sie denkt: ______________________

____

b Die Großmutter ruft nicht um Hilfe, weil ______________________

____

c Der Wolf zieht Großmutters Kleider an. Rotkäppchen soll denken: ______

____

6 Der Wolf liegt im Bett und wartet auf Rotkäppchen. Ergänzen Sie seine Gedanken. Achten Sie dabei auf die Verbform.

~~treffen~~ • wohnen • sprechen • liegen • kommen • fragen • ankommen • gehen • warten • sein • suchen • erzählen • schmecken

‚Was für ein schöner Tag! Ich habe ein Mädchen im Wald *getroffen*, Rotkäppchen. Sie soll nicht mit Fremden ______________, aber sie hat mir ganz lieb ______________, wer sie ______________ und wohin sie ______________. Haha. Ich habe ______________, wo ihre Oma ______________ und dafür gesorgt, dass sie nicht so schnell hier ______________. Die Kleine ______________ Blumen, wie nett von ihr! Die Alte hat nicht so gut ______________, aber nun ______________ ich hier und ______________ auf meine süße Nachspeise. Sicher ______________ Rotkäppchen bald, und dann … Ah, lecker!‘

7 Wie geht es weiter? Was meinen Sie? Kreuzen Sie an.

- **a** ❍ Der Wolf wartet und wartet, aber Rotkäppchen kommt nicht. Sie ist tief in den Wald gelaufen und findet Großmutters Haus nicht.
- **b** ❍ Rotkäppchen kommt zu Großmutters Haus, sieht aber, dass der Wolf im Bett liegt und rennt nach Hause. Der Wolf läuft hinterher.
- **c** ❍ Rotkäppchen kommt zu Großmutters Haus und schaut durchs Fenster. Sie sieht den Wolf im Bett und holt Hilfe.
- **d** ❍ Rotkäppchen kommt zu Großmutters Haus und sieht nicht, dass der Wolf im Bett liegt. Sie geht ins Schlafzimmer und der Wolf frisst sie als Nachspeise.

8 Rotkäppchen hat Blumen gefunden und kommt zu Großmutters Haus. Einige Dinge findet sie ungewöhnlich. Welche? Lesen Sie bis Zeile 20 und notieren Sie.

1. *Die Haustür ist nicht geschlossen.*
2. ______________________
3. ______________________
4. ______________________

9 Was macht der Wolf? Und wie geht es ihm am Ende von Kapitel II? Was denkt er? Schreiben Sie drei bis vier Sätze. Sie können dafür die Wörter im Kasten benutzen.

müde	klug	fressen	Rotkäppchen	schmecken	satt
Bett	zufrieden	schlafen	Plan		

____

____

____

____

10 Wie geht es weiter? Was meinen Sie?

a ❍ Rotkäppchen hat eine Schere dabei und schneidet dem Wolf von innen den Bauch auf.

b ❍ Ein Jäger kommt am Haus vorbei und findet den Wolf im Bett. Er tötet ihn.

c ❍ Ein Jäger schneidet dem Wolf den Bauch auf. Rotkäppchen und Großmutter leben.

11 Lesen Sie die Zusammenfassung und streichen Sie die falschen Sätze.

a Ein Jäger kommt an Großmutters Haus vorbei. ~~*Er möchte Großmutter besuchen.*~~ / *Er sucht den bösen Wolf.*

b Der Jäger hört jemanden schnarchen. *Es sind Großmutter und Rotkäppchen. / Der Wolf schnarcht so laut.*

c Er geht ins Haus und sieht den Wolf. *Er schneidet ihm den Bauch auf. / Er tötet ihn mit seinem Gewehr.*

d Er sieht Rotkäppchen und Großmutter im Bauch. *Sie sind tot. / Sie leben.*

e Sie füllen den Wolfsbauch mit Steinen. *Das war Rotkäppchens Idee. / Der Jäger hatte die Idee.*

f Der Wolf wacht auf und geht zum Brunnen. *Er fällt in den Brunnen und ist tot./ Er trinkt und geht in den Wald.*

12 Am Ende ist der Wolf tot, Rotkäppchen, Großmutter und der Jäger feiern. Kennen Sie noch andere Varianten des Schlusses?

1 Was sagt der Text über Aschenputtel? Lesen Sie bis Zeile 32 und beantworten Sie die Fragen.

a Wie heißen Aschenputtels Halbschwestern?

b Was ist Aschenputtels richtiger Name?

c Was weiß man über ihre Mutter?

d Welche Aufgaben hat sie im Haushalt?

e Seit wann muss sie im Haushalt arbeiten?

f Wo schläft sie?

g Wie sieht sie aus (vgl. Text und Bild)?

h Wo ist ihr Vater?

i Warum sind die Tauben ihr wichtig?

2 Was ist richtig? Kreuzen Sie an.

a Im Schloss lebt ❍ eine Prinzessin. ⊗ ein Prinz.

b Am Abend beginnt dort ❍ ein Ball. ❍ ein Festessen.

c ❍ Alle jungen Frauen ❍ Einige junge Frauen dürfen zum Fest gehen.

d Eine junge Frau darf ❍ mit dem Prinzen tanzen. ❍ den Prinzen heiraten.

e Auf einem Ball ❍ tanzt man ❍ redet man und ist fröhlich.

f Das Fest dauert ❍ zwei ❍ drei Tage.

3 Was passt? Ordnen Sie zu.

1 Lina erzählt ihren Freundinnen:

2 „Sie gibt mir kein schönes Kleid."

3 „Jetzt soll ich Rosa und Bella helfen."

4 Da fliegen die Tauben weg. Lina fragt:

5 Sie ist traurig und will nach Hause gehen.

6 Sie bringen ein wunderschönes Kleid. Lina fragt:

7 Jetzt hat Lina ein Kleid und kann doch auf den Ball gehen. Sie sagt:

a „Bin ich euch auch egal?"

b Aber die Vögel kommen zurück.

c „Wenn sie auf dem Ball schön aussehen, heiratet der Prinz vielleicht eine von ihnen."

d „Die Stiefmutter lässt mich nicht zum Fest ins Schloss gehen."

e „Ich danke euch!"

f „Ich würde doch aber so gern auch ein Kleid haben und zum Ball gehen!"

g „Ist das für mich?"

1	2	3	4	5	6	7
d						

4 Was passiert auf dem Ball? Was meinen Sie?
Notieren Sie Antworten.

a Wie sieht Lina aus?

____

b Was denken die anderen Leute?

____

c Wie geht es Lina auf dem Ball?

____

d Tanzt Lina? Mit wem?

____

5 Was ist richtig? Was meinen Sie? Kreuzen Sie an.

1 Ein Mann möchte mit Lina tanzen,

a ❍ sie findet ihn schön.

b ❍ aber sie will nicht.

2 Die Menschen auf dem Fest sehen Lina an,

a ❍ weil sie sich fragen: Warum ist hier so ein hässliches Mädchen?

b ❍ weil sie sehen wollen: Wer tanzt mit dem Prinzen?

3 Lina möchte zuerst nach Hause gehen,

a ❍ weil sie sich nicht wohlfühlt auf dem Fest.

b ❍ weil sie nicht mit dem Prinzen tanzen will.

4 Für den Prinzen ist Lina die schönste Frau auf dem Fest.

a ❍ Lina freut sich darüber.

b ❍ Lina glaubt ihm das nicht.

5 Der Prinz tanzt den ganzen Abend

a ❍ nur mit Lina.

b ❍ auch mit Rosa und Bella.

6 Beantworten Sie die Fragen.

a Der Prinz möchte Lina nach Hause bringen. Warum?

Was sagt er? ______________________

Was denkt er? ______________________

b Lina möchte allein nach Hause gehen? Warum?

Was sagt sie? ______________________

Was denkt sie? ______________________

7 Was passiert wann? Ordnen Sie die Sätze.

❍ Der Prinz klopft an der Tür.
❍ Der Vater sagt: „Meine beiden schönen Töchter sind im Schloss."
❍ Das Haus ist leer.
❍ Der Vater öffnet.
1 Lina läuft in den Garten.
❍ Der Prinz fragt nach einer schönen Tochter.
❍ Der Prinz will sie aufhalten, aber Lina ist schon weg.
❍ Der Prinz erkennt Lina nicht und geht.
❍ Nur Aschenputtel liegt in der Küche im Schmutz.
❍ Der Prinz will sehen, ob eine Tochter vielleicht schon zurück ist.

8 Wie geht es weiter? Was meinen Sie?

a ❍ Lina bekommt auch für den zweiten Ballabend ein Kleid und geht wieder hin.

b ❍ Rosa und Bella finden heraus, dass Lina auf dem Ball war. Sie muss nun zu Hause bleiben.

c ❍ (Ihre Idee) ______________________

9 Ergänzen Sie die Zusammenfassung.

Am nächsten A b e n d geht Lina wieder auf den _ _ll. Die _au_ _ _ haben ihr nämlich noch ein _ _ _ _d gebracht. Wieder _ _ _ _t der Prinz nur mit ihr. Und er findet wieder nicht heraus, wer die schöne Tänzerin ist. Am d_ _ tt_ _ Abend muss Lina R _ _ a und B _ ll _ helfen. Sie sollen besonders schön sein, denn der Prinz soll an diesem Abend e_dl_ _ _ mit ihnen tanzen, nicht wieder mit der f_e_ _ _ n Frau. Danach steht Lina _ _ _ _ _ _g am Grab. Aber ihre F_ _ _ _d_ _ _ _ _ haben ein drittes M_ _ ein Kleid für sie. Und es ist unvorstellbar schön.

10 Richtig (r) oder falsch (f)? Kreuzen Sie an.

		r	f
a	Der Ball hat schon begonnen, als Lina ankommt.	❍	❍
b	Der Prinz tanzt mit Rosa.	❍	❍
c	Der Prinz will nicht mit einem Aschenputtel tanzen.	❍	❍
d	Der Prinz sieht seine schöne Tanzpartnerin und lässt Bella stehen.	❍	❍
e	Lina und der Prinz tanzen wieder den ganzen Abend.	❍	❍
f	Nach dem Ball sehen Lina und der Prinz die Sterne an.	❍	❍
g	Dieses Mal bleibt Lina einfach im Schloss.	❍	❍

11 Lesen Sie noch einmal die Zeilen 43–51 und sehen Sie das Bild auf Seite 30 an. Beantworten Sie dann die Fragen. Sie können dabei die Wörter im Kasten benutzen.

passen · wissen · heiraten · suchen · nie wiedersehen · vorbei · verlieren · schön · finden · weglaufen · Schuh

a Was denkt Lina? *Die Zeit mit dem Prinzen war so schön, aber jetzt ist sie vorbei. Ich muss*

b Was will der Prinz? ______________________________

____

____

12 Sehen Sie jetzt das Bild auf Seite 32 an. Was passiert da, was meinen Sie?

Prinz Schuh Tauben Rosa Blut Braut

____

____

13 Lesen Sie die Abschnitte und bringen Sie sie in die richtige Reihenfolge.

① Der Prinz kennt den Namen der schönen Tänzerin nicht. Er weiß aber: Wenn ich das Mädchen finde und der Schuh passt ihr, dann habe ich meine Braut.

❍ Rosa schneidet sich eine Zehe ab, dann passt der Schuh. Der Prinz denkt: ‚Gestern hat sie anders ausgesehen.' Aber er nimmt Rosa trotzdem mit. Da rufen aber Linas Tauben: „Du hast die falsche Braut." Der Prinz sieht Blut am Schuh und reitet zurück.

❍ Lina ist schmutzig und trägt alte Kleider. Sie schämt sich und will nicht kommen. Schließlich probiert sie den Schuh aber an, er passt.

❍ Die Töchter in Linas Haus sollen den Schuh anprobieren. Die Stiefmutter holt ihre Töchter, Lina nicht. Sie möchte unbedingt, dass der Prinz Rosa oder Bella heiratet. Wenn der Schuh nicht passt, sollen die beiden sich eben ein Stück Fuß abschneiden.

❍ Die Mutter will nicht, dass der Prinz Aschenputtel sieht. Deshalb sagt sie, es gibt nur Rosa und Bella. Aber der Vater erzählt von Aschenputtel, und der Prinz will Aschenputtel sehen.

- ❍ Lina sieht den Prinzen an und lächelt. Da erkennt der Prinz, dass das schmutzige Aschenputtel seine schöne Tänzerin ist und umarmt Lina. Er findet ihre alten Kleider nicht schlimm und lacht. Sie heiraten und sind glücklich.
- ❍ Jetzt zieht Bella den Schuh an. Sie muss ein Stück von ihrer Ferse abschneiden, damit er passt. Der Prinz nimmt Bella mit, aber wieder rufen Linas Tauben: „Die richtige Braut ist noch zu Hause.“ Er reitet zurück und will endlich das richtige Mädchen sehen.

14 Sehen Sie das Bild auf Seite 35 an. Warum fliegen die Tauben jetzt weg? Was meinen Sie?

____

____

____

____

Die Bremer Stadtmusikanten

1 b Hunde c Esel d Katzen

2 2 b/c 3 a/c 4 a/b

3 Essen, schwach, niemand, Leben, Angst, Idee, Stadt, Musiker, Lied

4 offen; alle Antworten sind möglich

5 2 Sie finden …
4 Die Tiere gehen zum Licht, …
6 Die Tiere machen einen Turm, …
1 Die Tiere sind müde …
3 Der Hahn sitzt oben im Baum …
5 Sie finden tatsächlich …

6 a Hunde bellen: *Wau wau.* / Katzen miauen: *Miau.* / Hähne krähen: *Kikeriki.*
b *weitere Beispiele für „Kikeriki"*: Englisch: *cock-a-doodle-doo;* Esperanto: *kokeriko;* Polnisch: *kukuryku;* Russisch: *кукареку (koukariékou);* Schwedisch: *kuckeliku/kukeliku;* Spanisch: *quiquiriquí*

7 *Beispiel:*
Die Räuber sehen die Tiere nicht. Sie sehen nur, dass das Fenster kaputtgeht und hören den Lärm. Sie denken: ‚Da kommen böse Geister, schnell weg!'

8

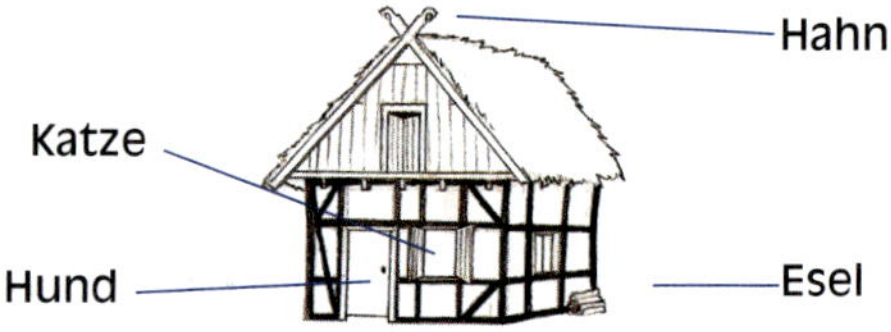

9 offen; *Beispiel:*
Die Räuber laufen in den Wald. Die Tiere schlafen im Haus. Am nächsten Tag kommen die Räuber zurück und streiten mit den Tieren. Dann gehen die Tiere weg: nach Bremen.

10 richtig: b c d f
falsch: a e g h i j

11

Wo?	Welches Tier?	Was tut das Tier?	Der Räuber denkt, da ist/ sind …
beim Ofen	die Katze	kratzen/beißen	böse Geister. / eine Hexe.
an der Tür	der Hund	ins Bein beißen	ein Mann mit Messer.
im Garten	der Esel	schlagen	ein Monster.
auf dem Dach	der Hahn	krähen	der Richter.

12 1b 2a/b/c (alle Antworten sind möglich)

Rotkäppchen

1 *Beispiele:*
England: *Little Red Riding Hood;* Frankreich: *Le Petit Chaperon Rouge;* Polen: *Czerwony Kapturek;* Spanien: *La Caperucita Roja*

2 2 Kappe 3 Kuchen 4 Korb 5 Eiche 6 Blume 7 Wolf Lösung: Vorsicht!

3 *Beispiel:*
a Sie hat eine rote Kappe von ihrer Großmutter bekommen und trägt sie immer.
b Rotkäppchen soll Großmutter Kuchen bringen, weil sie krank ist.
c Sie soll immer auf dem Weg bleiben. / Sie soll nicht mit Fremden sprechen.
d Sie wohnt allein in einem Haus im Wald.

4 1a 2c 3b

5 a Da kommt Rotkäppchen. Sie bringt mir Kuchen. b der Wolf sie sofort frisst. c Da liegt Oma im Bett.

6 sprechen, erzählt, ist, geht, gefragt, wohnt, ankommt, sucht, geschmeckt, liege, warte, kommt

7 offen; alle Antworten sind möglich

8 2. Die Großmutter antwortet nicht. 3. Sie sieht ihre Großmutter nicht gleich. 4. Die Großmutter sieht anders aus als sonst.

9 *Beispiele:*
‚Mein Plan war klug: Ich habe auch Rotkäppchen gefressen. Und sie hat sehr gut geschmeckt! Jetzt liege ich satt und zufrieden im Bett und kann schlafen. Ah, ich bin müde ...' / Der Wolf hat Rotkäppchen gefressen. Sie hat sehr gut geschmeckt. Sein Plan war klug. Er ist satt und zufrieden. Müde legt er sich wieder ins Bett und schläft ein.

10 offen; alle Antworten sind möglich

11 richtige Sätze: a Er sucht den bösen Wolf. b Der Wolf schnarcht so laut. c Er schneidet ihm den Bauch auf. d Sie leben. e Das war Rotkäppchens Idee. f Er fällt in den Brunnen und ist tot.

12 *Beispiel:*
Die ältere französische Fassung von Charles Perrault endet mit dem Tod von Rotkäppchen. Die Brüder Grimm ergänzen den Jäger und lassen Rotkäppchen überleben.

Aschenputtel

1 a Rosa und Bella b Lina c Sie war gut zu Lina, lebt aber nicht mehr. d aufräumen, kochen, putzen, Geschirr abwaschen e Seit ihr Vater eine neue Frau hat. f Auf dem Küchenboden, in der Asche. g Sie hat dunkle Haare, ist schmutzig, ihre Kleidung ist alt. h Er reist viel und ist nicht oft bei Lina zu Hause. i Weil sie von ihrer Mutter kommen und Lina helfen.

2 b ein Ball. c Alle jungen Frauen d den Prinzen heiraten. e tanzt man f drei

3 2f 3c 4a 5b 6g 7e

4 offen; *Beispiele:*
a Lina ist sehr schön. b Die anderen Leute denken: Warum ist Aschenputtel heute so schön? c Lina fühlt sich wohl und ist glücklich. d Lina tanzt mit verschiedenen Männern.

5 1a 2b 3a 4b 5a

6 *Beispiel:*
a Ich bringe Sie nach Hause, damit Sie sicher ankommen. / Ich will wissen, wo sie wohnt. Deshalb muss ich mit ihr mitgehen. b Ich kann allein nach Hause gehen. / Ich muss allein nach Hause gehen, damit er mich nicht wiederfinden kann.

7 3 Der Prinz klopft ...
6 Der Vater sagt: ...
8 Das Haus ist leer.
4 Der Vater öffnet.
1 Lina läuft ...
5 Der Prinz fragt nach ...
2 Der Prinz will ...
10 Der Prinz erkennt Lina ...
9 Aschenputtel liegt ...
7 Der Prinz will sehen, ...

8 offen; alle Antworten sind möglich

9 Ball, Tauben, Kleid, tanzt, dritten, Rosa, Bella, endlich, fremden, traurig, Freundinnen, Mal

10 richtig: a d e f
falsch: b c g

11 *Beispiel:*
a ... wieder weglaufen und kann den Prinzen nie wiedersehen. b Ich muss wissen, wer sie ist. Gleich verliert sie einen Schuh, dann suche ich sie. Wenn der Schuh passt, habe ich meine schöne Tänzerin gefunden und wir heiraten.

12 *Beispiel:*
Der Prinz sitzt mit Rosa auf einem Pferd. Er denkt: ‚Jetzt habe ich meine Braut gefunden.' Aber da rufen die Tauben: ‚Da ist Blut im Schuh, er passt nicht!'

13 1 Der Prinz kennt den Namen ...
3 Rosa schneidet sich ...
6 Lina ist schmutzig ...
2 Die Töchter in Linas Haus ...
5 Die Mutter will nicht, ...
7 Lina sieht den Prinzen an ...
4 Jetzt zieht Bella ...

14 offen; *Beispiele:*
Zum ersten Mal seit Mutters Tod geht es Lina wieder gut. Sie braucht ihre Hilfe nicht mehr. / Sie fliegen in den Himmel. Dort ist auch Linas Mutter.